KB073554

미래에서

기다릴게

가린(허윤정)

매 순간이 아름답게 빛나는 것처럼 살아가고 싶다.
지은 책으로 『이 밤을 너에게』, 『실은 괜찮지 않았던 날들』,
『내가 사랑스럽지 않은 날에』가 있다.

이메일 galin01@daum.net
인스타그램 @galin001

미래에서
기다릴게

가린
에세이

21세기북스

"미래에서 기다릴게."
"응. 금방 갈게. 뛰어갈게"

어릴 적, 〈시간을 달리는 소녀〉의 마지막 장면은 그저 설레었다. 마코토와 치아키는 서로의 마음을 이제야 알았지만, 애틋한 말 한마디를 나누지 못하고 헤어진다. "내가 왜 이러지?"라고 말하며 울음을 참지 못한 채 힘껏 우는 마코토를 보고 마음이 아파질 찰나에, 치아키가 빠른 걸음으로 돌아와서 마코토를 붙잡는다. 둘의 얼굴이 겹쳐질 때까지 가까이 다가가서 "미래에서 기다릴게"라고 속삭이는 치아키의 대사는 설레기에 충분했다.

긴 시간이 지난 뒤에, 다시 마지막 장면을 봤을 때는 "응. 금방 갈게. 뛰어갈게"라고 말하는 마코토의 대답이 더 마음에 남았다. 어떻게 흘러갈지 알 수 없는, 모든 것이 모호한 미래에도 치아키에 대한 마음은 확신할 수 있었던 거니까.

이제는 내 안에서 그와 같은 말의 무게가 너무 무거워졌다. 언제부턴가 그들과 비슷한 온도의 마음을 느끼기가 어렵다. 학창 시절 이후로 새롭게 만나게 되는 사람들과의 관계에 '친구'라는 이름을 붙이기가 망설여진다. 처음 누군가를 만났을 때, 나도 모르게 나와 모나지 않고 어울릴 수 있는 사람인지 아닌지를 따져보고, 섣부른 판가름을 한다. 이럴 때는 나와 맞는 것 같다가, 저럴 때는 아닌 것 같은 사람에게는 마음을 열지 않고, 나를 다 보여주지도 않는다. 어쩌다 나와 닮은 것 같은 사람을 만나게 되면, 괜히 겁부터 먹기도 한다. 나 혼자 부푼 기대를 키웠다가 나중에 실망만 커질까 두려워서 다가가지 못한다. 어쩌면 나는 이제 어릴 적만큼 그렇게 순수한 마음으로 사람을 만날 수 없을지도 모른다.

마음을 주는 것이 왜 이렇게 어려워진 걸까. 백 퍼센트가 아니더라도, 절반만큼이라도 마음이 맞는 사람을 만나는 것이 이렇게 어려운 일일까. 사실 모두 조금씩 양보하고 타협하면서 맞춰가고 있는데, 나만 나의 까다로움에 갇혀 어디에도 속하지 못하고 있는 건 아닐까. 이런 생각은 나를 외롭게 만든다.

그럼에도 나는 아직 그 시절이 단절되지 않았다고 믿는다. 푸른 하늘 사이로 떠오르는 야구공, 일정하게 들리는 매미 소리, 서로의 공을 기다리며 캐치볼을 하고 있는 마코토, 치아키, 고스케. 그들이 영원히 변하지 않을 것만 같은 시간 속에서 다정한 마음을 나누는 것처럼. 공을 치는 것이 서툴러서 잘 치지 못해도, 넘어지면서까지 받아주려고 노력하는 서로가 곁에 존재하고 있다고.

어쩌면 우리는 여전히 그 시절을 통과하고 있을지도 모른다.

Part. 3

어느새 여름이 돼버렸어

Part. 4

우리는 다시 만날 거야

Time waits for no one

↑

(°Д°)ハァ??

Mg + 2HCl

Mgリボン1cm当り C

大気圧 0.989 atm

Mg 0.010 g

Mg (cm)

Part. 1

시간은 아무도 기다려주지 않아

Time waits for no one

• • •

"난 왠지 앞으로도 우리 셋이 영원히 함께 있을 것 같아.

지각해서 고스케한테 잔소리 듣고

공 못 잡아서 너한테 놀림 받고."

행복인 줄 모르고, 행복했던

삶이 하나의 계절과 같다면, 나는 평생 여름에 머무를 거라 생각했던 때가 있었다. 마코토와 같은 나이였던 고등학생 시절이었다. 지금에 와서는 '그게 정말 나였다고?', '내가 정말 그랬다고?' 하며 놀랄 만큼 그때의 내가 낯설게 느껴진다. 늘 평행선을 걸으며 살아왔는데도 어느새 다른 사람이 되어버린 것 같다.

그때 나는 좋아하는 반찬이 나오는 날이면 아침부터 설레했고, 매점에 일등으로 도착한 것만으로 세상을 다 가진 것 같았으며, 10분 일찍 마친 수업에 온종일을 들떠 있었다. 학교의 정해진 규율 앞에서 자주 답답해하기는 했지만, 이제 와 생각해 보면 나는 정말로, 행복했던 것 같다.

시간은 아무도 기다려주지 않아

지금 이 순간이 무너질 듯이 버겁다고 해도,

시간이 흐르고 한 페이지씩 나의 시절을 넘겨보다가

또 그때 그게 행복인 줄 몰랐네, 하며

웃음 짓는 날이 오지 않을까.

현재의 행복을 미래에 발견하지 말고,

모두 지금 느낄 수 있기를.

시간은 아무도 기다려주지 않아

나의 시간에 네가 스며든다면

처음에는 너랑 있으면 재밌었어. 일상적인 것도 너와 함께하면 의미가 달라지는 거야. 네가 옆에 없는데도 네 생각을 하면서 웃었을 때, 문득 네가 얼마나 많이 나를 웃게 하고 있는지 깨달았어.

너랑 같이 보내는 시간이 늘어갈수록 내 안에서 그날들이 쌓여갔고, 점점 너에 대한 마음의 무게가 달라지고 있는 게 느껴졌어. 이제는 너를 생각했을 때 떠오르는 것들이 너무 많아서 지금 내 마음이 어떤지 제대로 설명하기가 어려워. 지금도 나 잘 말하고 있는 건가?

나와 함께하자. 이제부터는 사소한 것들도 빠짐없이 서로에게 나누는 거야. 나는 준비돼 있어. 너는 언제?

미래에서 기다릴게

지금은 알 수 없는 것들

나는 어릴 적부터 글 쓰는 걸 좋아했다. 독후감을 써 내는 숙제, 학교에서 매년 열리는 백일장 등, 글을 쓰는 일만큼엔 적극적으로 참여했다. 그러다 보니 글을 쓸 때면 아주 자연스럽게 내가 쓰고 싶은 것들을 썼다. 특히 일기는 남들과 다르게 조금 특별한 방식으로 썼다. 그날 내게 무슨 일이 일어났는지보다, 어떤 감정을 느꼈는지를 적는 것이다. 그렇게 나는 보는 사람이 있다는 생각에 감춰두었던 마음들과 누구에게라도 말하고 싶었지만 할 수 없었던 이야기들을 일기장에 털어놓았다. 가끔 나는 그때의 일기를 찬찬히 훑어보면서 지금은 절대 쓸 수 없는 문장들에 멈춰 있곤 한다. 그리고 그 문장을 쓰고야 말았던 날들을 떠올린다. 붙잡아두지 않았더라면 내 기억 속에서 영영 사라졌을 날들을.

내게는 일기장 말고도 같은 디자인의 색만 다른 노트가 세 권이 더 있었다. 재미있는 사실은, 내가 어떤 기준을 두고 글의 성격에 따라 노트를 골라 일기를 썼다는 점이다. 어떤 글은 코발트

시간은 아무도 기다려주지 않아

색 공책에, 또 어떤 글은 보라색 공책에, 또 다른 글은 빨간색 공책에. 그런데 지금은 내가 어떤 기준으로 노트를 골라 일기를 썼는지 전혀 기억나지 않는다. 그 기준을 알아내기 위해 처음부터 끝까지 여러 번 읽어봐도, 한 문장씩 분석해봐도, 그때 내게 무슨 일이 있었는지 더듬어봐도, 도무지 감이 잡히지 않는다. 심지어 일기장과 세 권의 노트 전부에 글을 적었던 날도 있었다. 그날은 내게 어떤 감정을 준 날이었을까.

기억나지도 않지만, 어쩌다 떠오른다 해도 그날의 일은 지금 내게 별일이 아닐 것이다. 하지만 그날의 내겐 온 우주가 흔들리는 날이었겠지. 돌아갈 수 없는 그날은 이렇게 어렴풋하게 활자로만 남아 있다.

붙잡아두지 않았더라면 내 기억 속에서 영영 사라졌을 날들을 자주 생각한다.

나와 같은 언어로 답해주는 사람

상대에게 좋아하는 마음을 전할 때

그 마음을 표현하는 일 자체가 자신에게도 소중해야

상대에게 전달할 수 있는 것임을 깨달은 뒤에는

나와 같은 언어로 답해주는 사람이 좋다.

하늘이 예쁘다고 찍어서 보내줬을 때,

기억해뒀다가 자신의 시선에 닿은

예쁜 하늘을 찍어서 답해주는 것처럼.

내 마음이 더 반짝일 수 있도록 빚어 내주는 사람.

하나의 모양이었던 우리

어릴 적에는 친한 친구일수록 나와 같은 모양이기를 바랐던 것 같다. 겹쳐두었을 때 어긋나는 부분 없이 완전히 맞아떨어지기를. 그래서 친구들이 좋아하는 연예인을 따라 좋아하기도 했고, 친구들이 보는 드라마나 예능을 따라 챙겨봤다. 점점 말투가 같아졌고, 우리만의 문체로 소통했다. 그렇게 우리는 부모님이나 선생님께는 절대 하지 못할 말들과 날것의 마음을 나누는 사이가 되었다.

함께 동네를 쏘다니고, 함께 학원을 빼지고, 함께 고민하고, 함께 혼났다. 그 시절 나는 '함께'라는 단어의 의미를 친구들을 통해 배웠다. 다시 그때처럼 누군가와 '함께' 존재할 수 있을까?

시간은 아무도 기다려주지 않아

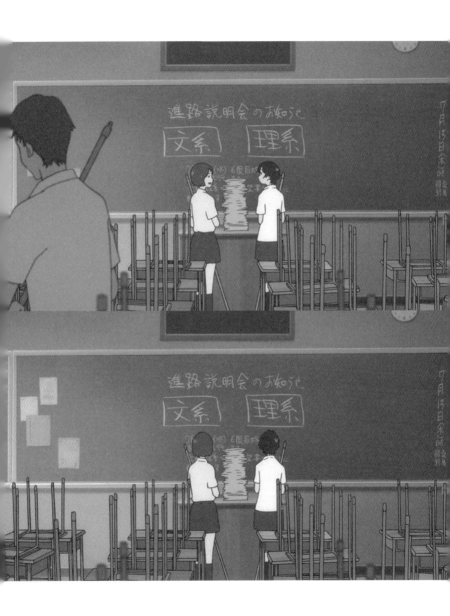

미래에서 기다릴게

"쉽게 못 정하겠어."

"미래를 누가 알겠어?"

"괜찮을지 어떨지는

가호에게 달렸어."

빛이 들어올 수 있도록

사물이 가장 예쁘게 보일 때는 햇빛에 비칠 때라는 생각을 한다. 중요한 문장에 형광펜을 칠하는 것처럼 삶의 배경에서 그 부분만 도드라져 보이게 하고, 자신만의 색으로 반짝일 수 있게 하니까. 또, 해가 저물 때는 주변을 따뜻한 색으로 물들여 왠지 모를 다정한 마음이 들게 하는 힘이 있다.

이전 집에서의 나는 암막 커튼을 쳐둔 채로 살았다. 환기를 시키려고 문을 열어도 커튼은 그대로 뒀었다. 잠을 잘 자기 위해서 설치했었지만, 오히려 더 깊게 잠들지 못했고 일어나서도 어딘가가 늘 뻐근했다.

이번에 이사를 하면서 암막 커튼을 뗐다. 햇빛이 집 안으로 들어왔을 때, 그 위에 누워 있는 걸 좋아하게 됐다. 햇빛이 나를 통과하는 것도, 눈이 부셔서 찡그리게 되는 것도 생각만큼 기분이 나쁘지 않다. 또, 완전히 어둑해지기 전까지는 형광등을 잘

시간은 아무도 기다려주지 않아

켜지 않는다. 햇빛이 집 안에서 이동하는 방향과 집의 밝기가 변화하는 것을 지켜보는 일이 나름대로 즐겁다. 이제 와서야 암막 커튼의 어둠 속에 스스로를 가뒀었다는 걸 느끼고 있다.

행복은 햇빛과 같다고 생각한다. 누구에게나 공평하게 매일매일 존재한다고. 그러니 해가 잘 들어오기 위해서는 마음속에 처둔 암막 커튼을 먼저 떼어내야 한다. 나를 행복하게 해주는 것들은 생각보다 더 많이 내 곁에 존재하고 있을 테니까.

미래에서 기다릴게

시간은 아무도 기다려주지 않아

애정의 발견

나는 내가 가진 것들에 대한 애착이 있었고, 그런 마음에 대한 증표가 필요하다고 생각했다. 학창 시절에는 휴대폰보다 훨씬 큰 캐릭터 케이스를 끼우거나 키링을 주렁주렁 매달아두었다. 수시로 벨 소리, 폰트, 배경 사진을 바꿨다. 밤을 새워가면서 휴대폰 테마를 바꿀 때도 있었고, 컬러링은 내가 듣지 못하는 건데도 한 달에 한 번씩 꼭 바꿨다. 그 외에도 가방에는 꼭 인형을 달고 다녔고, 교과서나 문제집에는 손에 힘을 주어 최대한 예쁜 글씨로 내 이름을 적어두곤 했다.

하지만 이제는 그런 것들을 크게 신경 쓰지 않는다. 휴대폰을 이래저래 꾸미지 않고, 다른 소지품도 마찬가지이다. 다른 방식으로 애정을 주게 되었기 때문이다. 한 번 더 쓰다듬어주고, 다치지 않게 조심히 다루고, 수시로 들여다봐주는 것. 눈에 보이지는 않아도, 나는 이 방식이 더 좋아졌다.

시간을 멈추고 싶은 순간

소란스러운 세상에서
이리저리 치이고 시달리다
마음의 긴장이 탁 풀릴 때

높낮이가 심한 날들 속에서
균형을 맞출 수 있을 때

내 마음을 나도 몰라서 막연하게 더듬다가
하고 싶은 일의 실마리를 찾을 때

내가 나로 빛나며
온전히 나인 채로 있을 때

시간을 멈추고 싶었던 모든 순간에
내 곁엔 늘 누군가 있었던 것 같다.

시간은 아무도 기다려주지 않아

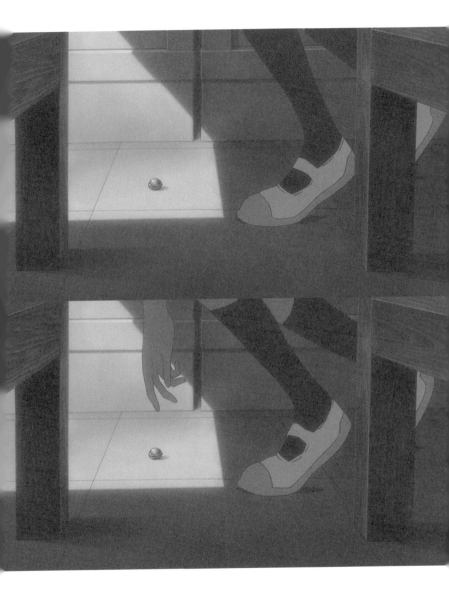

미래에서 기다릴게

이제는 다른 모양이 된 우리

우리는 꽤 닮았었다고 생각했는데, 시간이 흐르며 이제는 겹치는 부분을 찾기 힘들 정도로 각자 다른 모양으로 살아간다. 같은 교실에서 같은 교복을 입고 매일 얼굴을 보던 우리가, 지금은 저마다 다른 장소에서 다른 일을 하고 다른 사람을 만나는 게 자연스러워졌다. 만나면 서로 다른 이야기를 하기 바쁘지만, 그러다가도 우리가 함께했던 순간에 잠시 멈춰 서기도 한다. 그럴 때일수록 우리가 겹쳐져 있던 그 순간이 소중하게 느껴진다.

어쨌거나 다들 행복했으면 좋겠다. 커다란 행복이 아니어도 맛있는 음식을 먹으며 웃음 짓고, 가끔 멈춰서서 하늘을 바라보는 여유를 갖기를. 그 정도의 소소한 행복이 곁에 있기를.

시간은 아무도 기다려주지 않아

"돌아가야 했는데, 어느새 여름이 돼버렸어.

너희랑 있는 게 너무 즐거웠거든."

소중한 관계를 오래도록 잘 유지하기 위해서는

서로를 지키기 위한 노력이 필요해.

다짐

이제는 스스로 사람 보는 눈을 길러야지.

상대에게서 이해할 수 없는 부분을 봤을 때,

눈감아주지 않고 돌아서면서 냉정해질 줄도 알아야지.

그 정도의 사람에게 마음 약해지지 말고,

다시는 사람 못 믿을 거라며 무너지지 말자.

결국은 좋은 사람을 만나기 위한 과정일 테니.

시간은 아무도 기다려주지 않아

원하는 곳으로

어디로 가고 있는 건지, 잘 가고 있는 건지

눈에 보이지 않아도,

하루하루를 충실하게 살아가다 보면

그 하루만큼의 시간이 쌓여서

다음날에는 더 나은 곳으로 갈 수 있을 거라고 믿어.

내가 무의미하다고 생각했던 하루라고 해도,

내 안에 쌓여, 앞으로 나아가는 데 도움을 주고 있으니까.

노력하고 있는 것들이 모두 모여서

원하는 곳으로 데려다줄 거야.

미래에서 기다릴게

시간은 아무도 기다려주지 않아

미래에서 기다릴게

시간은 아무도 기다려주지 않아

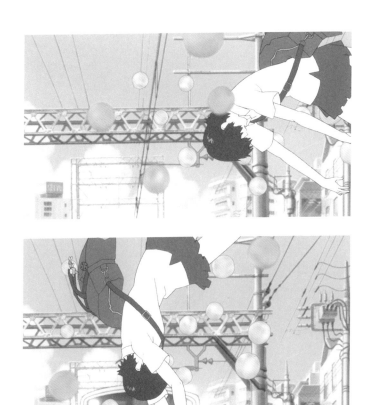

미래에서 기다릴게

"오늘로 마지막이야?

이럴 줄 알았으면 좀 더 일찍 일어날걸.

늦잠도 안 자고 지각도 안 하고

튀김도 더 잘 튀기고

멍청한 남학생과 부딪히지도 않았을 텐데.

오늘은 분명 나이스데이라고 했잖아."

하루의 시간을 마치

컴퓨터 파일처럼 생각하는 것 같아.

저장해뒀다가 언제든 마음대로

다시 불러올 수 있다고 말이야.

지금 이 순간도, 내 앞에 있는 너도

다 흘러가고 있는 건데.

Part. 2

모든 게 처음이었던, 열일곱

...

"오늘 운세가 최고야. 이번에 놓치면 내년이래."

"오늘 고백할 거지?"

"응."

"부딪혀 보는 거야. 잘할 수 있지?"

모든 게 처음이었어

마코토, 치아키, 유리, 가호… 〈시간을 달리는 소녀〉 속 주인
공들이 처음 겪어보는 감정에 낯설어하는 모습을 보면서 자연
스레 모든 게 서툴던 그때가 떠올랐다. 내 마음이 어떤 모양으로
부풀어오르고 있는지 가늠조차 할 수 없었을 때. 내가 왜 이런
지, 무얼 좋아하는지, 종잡을 수 없었을 때.

하지만 내가 나의 마음을 있는 그대로, 스스로 인정한 순간
감정은 빠르게 커져갔다. 아침에 일어나자마자 제일 먼저 생각
났던 게, 그가 무얼 하고 있을지 혼자 그려보던 게, 만날 시간
이 다가오면 조금씩 가슴이 뛰던 게, 이따금 그가 꿈에도 나오
던 게. 그게 다 사랑으로 수렴되는 것을 느꼈다. 감당하기 어려
울 만큼 커지는 마음을 몽땅 털어놓고 싶지만 그럴 용기도 없
었던 그때. 그저 벅차기만 해서 어찌할 줄 몰라 허둥거리던 그
때. 나는 그의 말 한마디에 마음이 시큰해져 자주 울고, 그러
다가도 너무 쉽게 웃었다.

미래에서 기다릴게

애쓰지 않아도 되는 관계

사람을 만나는 건 점점 더 어렵고 조심스럽다. 의도치 않게 상처를 주고받게 된다는 것을 알게 됐기 때문이다. 그러다 보니 자연스럽게 애쓰지 않아도 되는 관계에 더 마음이 간다. 만났을 때 나를 감추지 않아도 되는, 만나고 집에 돌아와서 내가 실수하지는 않았는지 곰곰이 생각해보지 않아도 되는, 말하지 않아도 서로의 예민한 부분을 건드리지 않는 그런 사람들.

앞으로 내가 만나게 될 사람은 나와 섬세함의 정도가 비슷한 사람이었으면 좋겠다. 타인을 생각하는 마음이 닮아 있었으면 좋겠다. 상처받지 않고, 그 사람을 위해서 더, 더 좋은 마음을 가질 수 있도록. 서로에게 좋은 사람이 될 수 있도록.

미래에서 기다릴게

모든 게 처음이었던, 열일곱

어깨를 펴는 연습

친구와 대만으로 여행을 간 적이 있다. 우리는 온천에 가서, 탈의한 상반신 뒷모습을 서로 찍어주었다. 친구가 찍은 내 사진을 보고 좀 충격을 받았다. 어깨가 처지고, 나선형으로 말려 있는 것이었다. 최대한 곧은 자세로 있었다고 생각했는데. 쉽게 볼 수 없을뿐더러, 볼 생각도 하지 못했던 나의 뒷모습이었다. 나는 얼마나 긴 시간 동안 그 뒷모습을 가지고 있었을까. 한국에 와서 그 사진을 꺼내 볼 때마다 슬펐다. 잘 모르던 세상을 만나며 잔뜩 위축된 내 모습처럼 느껴졌기 때문에.

그 후로 일상 속에서 어깨를 벽에 붙여 일자로 펴는 연습을 하기 시작했다. 과하다는 생각이 들 정도로 어깨를 펴야 일자가 된다. 자연스럽게 굽어 있던 허리도 펴진다. 자세만 교정했을 뿐인데 마음도 당당해졌다. 이 자세 그대로 세상도 마주할 것이다.

미래에서 기다릴게

새로운 것들이 들어올 땐,

안에 있던 해로운 것들은

자연스럽게 떠밀려 나갔으면 좋겠어.

흔적

내게는 편지나 쪽지를 받으면 모아두는 상자가 있다. 상자 안에는 초등학생 때부터 받았던 것들이 차곡차곡 들어 있어서 아직까지도 쉽게 버리지 못한다. 어쩌다 방 정리를 하는 중에 상자가 눈에 띄면, 그 안에 들어 있는 것들을 처음부터 끝까지 읽어보느라 청소는 까맣게 잊고 만다. 수업 시간에 선생님 몰래 적은 시답잖은 이야기를 담은 쪽지도 있고, 플래너 앞에 붙여뒀던 공부 열심히 하자는 친구들의 포스트잇도 있고, 장마다 번호가 매겨져 있는 긴 편지도 있다. 그 속에 친구들이 부르던 나의 여러 별명과 평소에는 보여주지 않았던 속마음들이 고스란히 담겨 있다.

찬찬히 읽다 보면 마음이 따스해져, 조심스레 바라게 된다. 그때의 마음을 오려서 지금 마음 위에 덧붙일 수 있다면.

모든 게 처음이었던, 열일곱

그때 우리가 나눈 건 투명한 마음이었어.

미래에서 기다릴게

모든 게 처음이었던, 열일곱

타임리프

마코토가 타임리프를 한 지 얼마 되지 않았을 때는 모든 일이 잘 흘러가는 것처럼 보인다. 그러나 이모의 말처럼 타임리프는 마코토에게 이득이 된 만큼 누군가에게는 해가 되었고, 시간을 돌리면서 없었던 일이 돼버려 다시는 만날 수 없게 된 순간도 생겼다. 꼬여버린 시간의 궤도 속에서 마코토는 아슬아슬하다. 결국 시간의 늪에 빠져버릴 것처럼.

시간을 돌려 그때 그 일이 다시 일어나지 않는다면, 혼자만 모든 순간을 기억한다면 너무 외롭지 않을까. 무엇보다 그것이 다른 어떤 것과도 바꿀 수 없는 소중한 순간이었음을 뒤늦게 알아차린다면… 그 어찌할 수 없음 위에 홀로 선 외로움을 어떻게 견딜 수 있을까.

절실하게 타임리프 하고 싶을 때도 있지만, 삶은 되돌릴 수 없기에 더 소중한 것일지도 모른다. 그래서 우리는 잊고 싶다고 생각한 날들조차 가끔은 그리워하며 살아가는 것이 아닐까.

"타임리프는 정말 최고야! 멈출 수가 없어.

하루하루가 즐거워서 계속 웃게 된다니까."

"네가 행복한 만큼 불행한 사람도 있겠지?"

하품

나는 연인에게 장난을 많이 치는 편인데, 언젠가 그가 하품할 때 입안으로 손가락을 넣는 장난에 재미를 붙였을 때가 있다. 그것은 나한테 하나의 놀이였다. 특히 그가 최대한 입을 벌리며 큰 하품을 할 때 나는 재빨리 그의 입 속에 손을 넣어, 동그라미를 그리고 손가락을 빼냈다. 그는 이미 입을 벌렸기에, 나의 손가락을 봐도 닫을 수 없었다. 나는 그런 모습이 재밌었다. 나중에는 그가 하품할 때를 기다리며 입을 주시하고 있기도 했다.

내가 수십 번, 수백 번 그 장난을 반복했을 때도 그는 한 번도 화내지 않고, 그저 "하품 시원하게 하고 싶어"라고 말하며 울상을 지을 뿐이었다. 그와 큰 탈 없이 오래오래 만날 수 있었던 이유는 그 때문이었을 거다.

모든 게 처음이었던, 열일곱

그는 무엇보다 나의 웃음을 사랑했고,

또 오래 보고 싶어 했던 것 같다.

미래에서 기다릴게

"난 운이 좋은 편이다. 눈치도 빨라서 성적도 나쁘지 않다.

머리가 좋진 않지만 멍청하지도 않다.

손재주가 좋은 건 아니지만 비웃음 살 정도는 아니다.

훗날 떠올리기 싫을 만큼 끔찍한 실수도 한 적 없다.

평소엔 신중한 편이라 크게 다친 적도 없고

인간관계가 꼬인 적도 없다."

모든 게 처음이었던, 열일곱

결국 선택한 건 나 아니야?

나의 지금은 어두운색으로 물들어 있는 것 같다. 후회와 미련, 걱정과 불안…. 하지만 이내 이런 생각이 들었다. 모든 건 다 내가 선택한 거 아니야?

같은 영상이어도 어떤 배경 음악과 함께 보는지에 따라 느낌이 달라진다. 마찬가지로 내가 마음속으로 어떤 음악을 틀고 나의 지금을 바라보는지에 따라 완전히 다른 풍경이 펼쳐질 것이다. 나의 시점인 영상 속에서 흐르는 배경 음악의 선택권은 내게 있다.

나만의 플레이리스트를 재생해야지. 그때 세상의 소리는 소음이 될 테니까.

미래에서 기다릴게

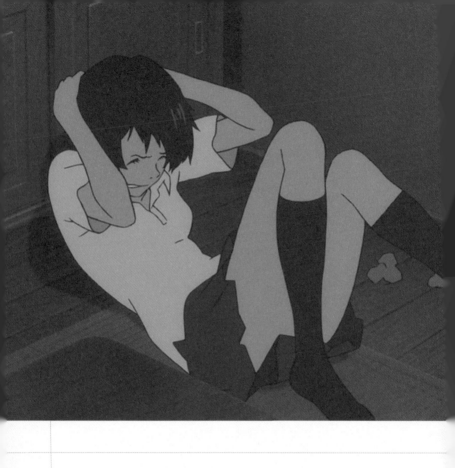

"세상은 거짓투성이야!"

세상은 내가 행복하게 지내는 꼴을 못 봐.

그럴 때면 어김없이 나를 넘어지게 하거든.

천천히 걸어 나가다가 드디어 가속도가 붙었을 때도

급하게 브레이크를 밟아야 할 때가 있어.

서로의 윤곽대로 파여 있는 우리

언젠가 그를 꽉 껴안으며 그의 몸이 내 몸에 맞게 파여 있는 것 같다는 생각을 한 적이 있다. 우리가 안을 때마다 조금씩 서로의 윤곽대로 파이다, 마침내 딱 들어맞는 순간이 온 것은 아닐까 싶었다. 그렇게 그를 부둥켜안은 채 열 시간, 아니 하루 온종일이고 그렇게 머물 수 있을 것 같았다.

너와 함께라면 특별한 것이 필요 없어.

문득 그런 생각이 들었을 때 알았다. 그가 내게 얼마나 소중한 사람인지를. 그로 인해 내 하루의 색이 조금씩 변해가고 있었다.

모든 게 처음이었던, 열일곱

우리의 이음새를 아주 많이 사랑하게 될 것 같아.

미래에서 기다릴게

마음을 모른 척했어

나는 누군가를 좋아하기까지 아주 오랜 시간이 걸린다. 게다가 생각이 많아 시작도 전에 지레 겁을 먹고는 누군가를 놓치고서야 마음을 깨달았던 적이 많다.

생각해 보면 나는 자주 길고 굵은 선을 하나 그어놓고 상대를 하염없이 바라봤던 것 같다. 그러다가 지친 그 사람이 자리를 털고 일어나 떠나버리면 쉽게 섭섭해했다. 그리고는 네 마음이 겨우 그 정도였냐고, 따지고 싶었다. 정작 나는 한 걸음도 떼지 못했으면서, 오히려 뒷걸음질을 쳤으면서, 바라보기만 했으면서.

모든 게 처음이었던, 열일곱

미래에서 기다릴게

모든 게 처음이었던, 열일곱

미래에서 기다릴게

"마코토, 나랑 사귈래?"

중요한 순간에, 마음처럼 곧이곧대로

말이 나오지 않을 때가 있다.

차라리 그 사람에게 솔직하게

털어놓을 수 있다면 좋을 텐데.

단순한 말 한마디가 마음을 틀어지게 한다는 걸 알면서도

날이 잔뜩 선 말을 뱉고 만다.

끝까지 속마음을 보여주지 못해서

그의 마음을 상하게 한다.

내 마음을 그대로 전달하는 건 정말 어렵다.

말을 귀로 듣는 것처럼,

마음도 어딘가로 들을 수 있다면 좋을 텐데.

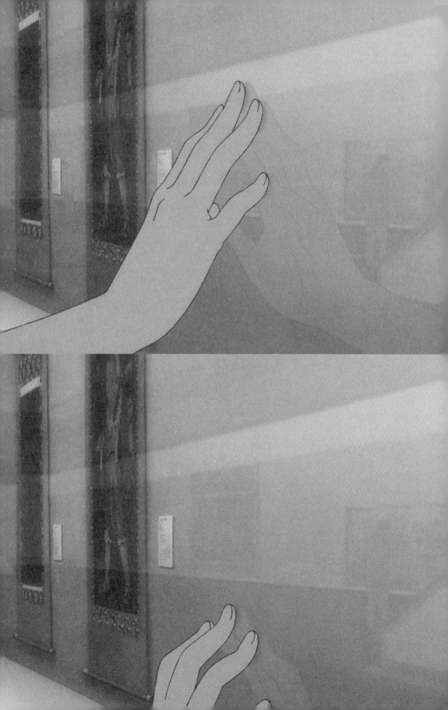

Part. 3

어느새 여름이 돼버렸어

• • •

"언젠가 꼭 돌아오겠다고 했어.

기다릴 생각은 없었지만

이렇게 시간이 흘러버렸네.

그리 길지 않았어.

순식간이었지."

서로가 있는 세계

너와 있을 때 나는 가장 편안한 자세로 있을 수 있어. 그럴 땐 내가 반짝이고 있는 것 같아. 내가 싫어했던, 숨기고 싶었던 나의 일부분까지 네 덕에 좋아지고 있어. 아무에게도 보여주지 않았던 깊고 어두운 마음이 너와 닿아서 밝고 따뜻해져. 한 번씩 튀어나오는 내 습관이 원래 내 것이었는지 너로부터 온 건지 이제는 잘 모르겠어. 너와 나의 경계가 모호해지면서 '우리'라는 거대한 하나가 되어가고 있나 봐. 우린 아마 함께한 시간만큼 서로에게 녹아들어 닮아가는 중이겠지. 네가 없었다면 나는 어떤 삶을 살고 있었을까. 확실한 건, 서로가 있는 세계를 경험한 우리는 이제 떨어질 수 없다는 거야.

어느새 여름이 돼버렸어

미래에서 기다릴게

어느새 여름이 돼버렸어

다가가는 것보다 돌아서는 것을 택하는 내게

흔히 다가가는 것만이 마음을 표현하는 법이라고 말한다. 표현하지 않았다면 딱 그만큼의 마음일 뿐이라고. 그리고 표현하지 않으면, 그 마음은 그냥 없는 거라고.

하지만 돌아서는 것이 왜 더 쉬울 것이라고 생각할까? 필사적으로 잡고 싶지만, 꾹꾹 누르고 돌아서는 마음은 왜 외면당할까. 가벼운 마음으로 다가올 수도 있고, 넘쳐흐르는 마음을 주워 담고 돌아설 수도 있는 건데. 한번 더 용기를 내는 사람과 앞으로 생길 미련을 다 감당하기로 하고 돌아선 사람 중 누가 더 마음이 큰지 저울질할 수 있을까. 홀로 마침표를 찍는 일이 쉬울 거라 생각하지 않는다.

미래에서 기다릴게

우리는 서로를 자주 오해했다

지난날의 우리는 서로의 마음을 자주 오해했다. 말과 행동들을 서로에게 전할 때마다 오류가 났다. 조심스러운 마음으로 건넨 말 한마디를 상대가 오해할 때, 나의 모든 것이 부정당하는 느낌이 들었다. 그런 일이 반복될수록 상처는 덧나길 반복했다.

하지만 이제는 같은 영화를 봐도 누군가에게는 인생 영화지만 누군가에게는 잠이 들 만큼 지루한 영화가 될 수 있다는 것을 안다. 사람마다 다른 생각을 하고, 다르게 받아들인다는 것을 이해한다. 그런데도 누군가에게 오해를 받은 밤이면 어김없이 이런 생각을 하고 만다.

내 행동과 말이 늘 의도대로 상대에게 정확하게 전달됐으면 좋겠다. 어딘가에서 틀어지지 않고, 무언가가 덧붙여지지 않고, 일부가 사라지지 않고.

미래에서 기다릴게

시간을 보낼 때 가장 중요한 것

장거리 연애를 할 때, 함께 있는 시간을 알차게 보내야 한다는 강박을 갖고 있었다. 그때 나는 분 단위로 세세하게 계획을 짰다. 무엇을 해야 더 많은 일을 하며 효율적으로 보낼 수 있을지를 저울질하면서 하나하나 따졌다. 그렇게 짠 계획이 조금이라도 어긋나면 화가 치밀어 올랐다. 몇 주 전부터 가기로 계획한 카페나 음식점이 하필 그날 쉬는 날이라 가지 못하면 너무 막막하고 속상했다. 계획이 어그러지고 어쩔 줄 몰라서 길거리에 우두커니 서 있으면 꼭 시간을 버리는 것 같았다. 그는 나에게 이런 것도 다 추억이라며 웃으며 말했지만, 나는 태연하게 넘길 수 없었다.

이제 와 생각해 보면 왜 그렇게까지 계획에 집착했던 건지 잘 모르겠다. 당연하게도, 시간은 어떻게 보내는지가 아니라 누구와 보내는지가 더 중요한데. 계획이 어긋나도 웃으며 넘길걸, 아니 그냥 계획을 그렇게 세세하게 짜지 말걸.

어느새 여름이 돼버렸어

붕 떠버린 시간에 무얼 할지 찾는다며 휴대폰만 쥐고 있지 말고, 그 사람의 손을 잡고 온기를 더 느낄걸. 가끔은 길 위의 벤치에 앉아 눈을 맞추며 더 많은 이야기를 나눌걸.

함께라는 사실만으로 큰 행복이라는 것을 이제야 알게 되었다.

나보다 더 내 마음을 알아주는 사람

　나는 꽤 예민하다. 평소에도 그렇지만 특히나 연애할 때는 나도 이해하기 힘든, 어리면서도 여리고 날카로운 감정들을 자주 마주친다. 사소한 일에도 눈물이 날 만큼 서운함이 마구 샘솟는다. 그에게 나의 감정을 대부분을 털어놓는 편이지만, 그렇다고 해서 모든 것을 말하지는 않는다. 나조차도 이해하기 힘든 감정을 그에게는 이해해달라고 이야기하고 싶지는 않으니까.

　그럼에도 내 구석구석까지 들춰보면서 나를 다독여주는 사람이 있다. 드러내기 민망했던, 머쓱할 만큼 사소한 일까지도 몽땅 찾아내어 보듬어주었다. 한 번쯤은 그가 외면할 수도 있을 거라고 생각했는데, 단 한 번도 그러지 않았다. 어떻게 매번 내 마음을 다 알아차릴 수 있냐는 나의 물음에 그는 그냥 다 느껴진다고 말했다. 그러면서 덧붙인 말을 나는 잊지 못한다.

　가끔 네가 되어서 그때를 바라봐. 그렇게 자주 연습을 해.

"아무것도 아니야"라고 했을 때

"아무것도 아닌 게 아니잖아"라고 말해주는 사람.

나보다 더 내 마음을 알아주는 사람.

어느새 여름이 돼버렸어

누군가와 맞출 수 없었던 온도

"아무 일도 없었어. 없었겠지?"

치아키의 대사와 같은 말로 스스로를 다독인 적이 있었다. 가까웠던 사람이 영문도 모르게 나와 멀어지려 했을 때. 서로 많은 접점을 공유했다고, 그 사람에게는 내 모든 것을 꺼내 보일 수 있다고 생각했다. 그래서 더욱 받아들이기 힘들었지만, 전과 다르게 차가워진 눈빛과 묘한 거리감, 나와 보내는 시간을 더는 행복해하지 않는 상대의 마음이 느껴져서 외면할 수 없었다. 애써 아닐 거라고 마음을 다독이며 밝게 웃었다. 하지만 돌아서서는, 내 모든 말과 행동에 스스로 트집을 잡으며 괴로워했다. 내가 잘하면 관계를 바로 잡을 수 있을 거라고 생각했기 때문에 이미 식어버린 그 사람의 마음을 모른척하고 싶었다.

나의 의지만으로 순조롭게 이어나갈 수 없다는 사실이, 관계를 더 잔인하게 만들곤 한다.

한 번의 용기

내 마음속에 작지만 깊은 자국을 남긴 글이 있다. 친하지 않았던 한 친구가 남긴 글이다. 지금도 문득문득 그 친구의 글을 한 번씩 떠올려 보곤 한다.

그 아이와는 고등학교 1, 2학년 동안 같은 반이었지만, 말을 나눠본 적이 손에 꼽을 정도인 사이였다. 2학년 1학기가 끝나갈 때쯤, 같은 반 친구들이 작년에 누구와 같은 반이었느냐고 묻자, 그 아이의 이름을 대답하니 다들 의아해할 정도였다. "둘이 말하는 걸 본 적이 없는 것 같은데?"라고 하면서. 솔직히 말해서 나는 그 아이에 대해서 깊게 생각해본 적 없어서, 당연히 그 아이도 같은 마음일 거라 생각했다. 그런데 그 아이는 아니었다. 2학년이 끝나갈 즈음 반 아이들과 돌아가며 적은 롤링페이퍼에 그 애는 이렇게 적었다.

'1학년 때는 네게 선입견이 있어서, 사실 좋게 보지는 않았어. 먼 곳에서 와서 적응하지 못하고 혼란스러워하는 것 같더라. 조

금 안쓰럽기도 했고. 하지만 2학년이 되어서 점차 적응하고 친
구들과 잘 지내는 모습을 보면서 나도 모르게 흐뭇해지더라고.
그러면서 널 응원하게 됐어. 요즘 너무 보기 좋아. 늘 먼저 말을
걸 용기가 없어서 지나쳤던 게 벌써 2년이 다 되어간다. 친하게
지내고 싶었는데 아쉬워. 남은 시간 동안이라도 많이 이야기해
봤으면 좋겠어. 만약 한 번 더 같은 반이 되면 그땐 정말 친하게
지내보자.'

신기하게도 우리는 다음 해 또다시 같은 반이 되었다. 마치
누군가 우리의 사정을 알고 이제는 진짜 친해져 봐, 하고 기회를
던져준 것처럼. 그래서 우리는 그 기회를 꽉 붙잡았다. 그 친구
가 내게 남긴 글이 아니었다면, 3년 연속으로 같은 반이 되는 엄
청난 인연에도 말 한마디 나누지 않았겠지. 전혀 상상치도 못한
사람이 나를 애정 어린 마음으로 바라보고 있었다는 건 꽤 복잡
한 마음이 들게 했다. 놀랍고, 고맙고, 왠지 모르게 부끄럽고.

나는 늘 정해진 사람들에게만 마음을 열었고, 관심을 가졌는
데 그 아이는 어떻게 낯선 내게 마음의 한 곳에 자리를 내어줬던
걸까. 한 해 한 해가 흐를수록 그건 정말 쉬운 일이 아니었단 걸
느낀다. 생각보다 사람들은 타인에게 관심이 없고, 자신에게 필
요할 때나 관심을 가진다는 걸 깨달았기 때문이다. 바라는 것 없

미래에서 기다릴게

이 내게 관심을 주었던 그 아이가 자주 그립고, 또 고맙다.

　그 아이는 인간관계에 대한 나의 생각에 전환점이 되어주었다. 이제 나는 다양한 사람에게 마음을 열려고, 또한 겪어보지 않은 사람에 대해 성급하게 결론 내리지 않으려고 노력한다. 그리고 사람과 사람 사이에는 표현하지 않아서 전달되지 못하는 마음들이 있단 걸 안다.

　　　　　　　　　　　　　　　　어느새 여름이 돼버렸어

그 아이는 어떻게 낯선 내게

마음의 한 곳에 자리를 내어줬던 걸까.

미래에서 기다릴게

타협하지 말 것

원래 하던 일을 그만두고 글을 쓰는 일에 미래를 걸면서, 나는 두려웠다. 점점 더 깊숙이 파고들수록 나와 맞지 않는다는 것을 깨닫는 순간이 올까 봐, 절망하고선 포기하게 될까 봐, 그때가 되어서야 돌아서려고 하면 이미 너무 뒤처져 있을까 봐. 글은 취미로만 쓰는 게 나았을까? 끝까지 글 쓰는 걸 좋아할 수 있을까? 하는 복잡한 생각이 들었다. 글 써서 평생 먹고살 수 있겠냐고 주변에서도 겁을 주었다. 그 말을 무시하지 못해 주저하며 가끔 멈춰서기도 했던 게 사실이다. 겁이 잔뜩 났다.

하지만 내가 원하는 속도로, 내가 원하는 방향으로 꾸준히 갔다. 그래서 지금은 대학교에 다시 들어가 소설과 시를 배우고 있다. 더 많은 글을 읽고 쓰면서 이 길이 나와 잘 맞는다는 걸 깨닫고 있다. 동시에 전에 느꼈던 막연한 불안감과 의구심이 사라졌다. 역시 해봐야 아는 거였다.

어느새 여름이 돼버렸어

여행지에서 동양 타로를 사 왔다는 언니가 고민을 해결해 주겠다면서 카드를 뽑아보라고 했다. 나는 인생의 조언을 듣고 싶다고 말하며, 한 장의 카드를 뽑았다. 그렇게 뽑아 든 카드는 '타협하지 말 것'. 나는 그 말을 품고 살아간다. 돌아오지 않을 순간을 다른 사람들의 말이나 나약한 마음과 타협하며 보내지 말자고. 스스로 방향을 잡고 나아가자고.

미래에서 기다릴게

쉽게 실망하지 마.

틀린 건 없으니까.

작년 이맘때의 너, 재작년 이맘때의 너를 생각해봐.

그때와 지금의 간격만큼

내년의 너도, 조금은 나아가 있지 않을까?

더 많은 것들을 보고 듣고 느끼며

지금도 너는 성장하고 있어.

휘청거리는 날도 있겠지.

다 그만두고 싶어지는 날이 올지도 몰라.

그런 날이 와도 너를 믿기로 해.

다른 사람에게 너무 기대하지 말고, 너무 기대지도 말고.

어떤 힘듦도 결국 지나가.

그러니 조그만 실패에, 사소한 좌절에

기죽지 마.

"그럼 내가 어떻게든 할게."

"어떻게?"

"어떻게든 해볼게."

어느새 여름이 돼버렸어

그저 흘러가지 않도록

너무 많은 사람에게 내 시간에 참견하도록 자리를 내어주었다. 그들 중 몇몇은 내 삶에 지분이 있는 것처럼 굴었다. 나는 열 사람 중 아홉 명이 나를 응원하더라도 나머지 한 사람이 나를 비난하면 그 자리에 멈춰선 채 어쩔 줄 몰라 하는 사람이라, 그들이 내게 가볍게 얹는 한마디에 자주 휘청였다. 그러다 보면 내가 정말 하고 싶었던 것을 놓치는 날도 있었다. 놓친 것을 곱씹고, 후회하고, 괴로워하는 것은 오롯이 내 몫이었다.

결국 내 삶을 책임져야 하는 사람은 나다. 멈추지 않고 흐르는 시간 속에서 놓치지 말아야 할 것은, 내가 나인 채로 살아가야 한다는 다짐이라는 것을 이제는 안다. 다른 사람의 손을 빌려서가 아니라 내 손으로 직접 삶을 칠해나갈 것이다.

현재의 자리에서

괜한 것에 무너지지 않고,

좋은 것들을 낱낱이 흡수하며

꾸준하게 살아가기.

가끔 버거운 날에는 쉬어 가고,

나를 타박하기보다 더 사랑하고 응원해주면서

여유를 가지기.

"내가 미래에서 왔다고 하면 웃을 거야?"

"아무리 멀리 있어도 어떤 곳에 있어도

아무리 위험해도 꼭 보고 싶었어."

어느새 여름이 돼버렸어

미래에서 기다릴게

"네가 고스케와도 치아키와도

친구로만 지낼 줄 알았어.

누구와도 사귀지 않고 졸업한 채

언젠가 전혀 다른 사람이랑 사귈 거라고."

"나도 어제까진 그랬어."

이제야 내 마음을 깨닫고

이제야 너에게 달려가서 미안해.

그래도 늦지 않았다고 말해줄래?

계속 이 자리에 있었다고.

어쩌다가 나란히 서는 게 어색한 사이가

되어버린 건지 잘 모르겠지만

그대로 영영 멀어지지는 않을 줄 알았다고.

아무런 이야기를 하지 않아도 언제 그랬냐는 듯

다시 서로의 곁을 내어줄 거라는 믿음이 있었다고.

이 날을 기다리고 있었다고.

그동안 내가 아주 그립고, 보고 싶었다고 말이야.

조금 늦었지만, 와주었으니 됐다고.

괜찮다고 말해줘.

Part. 4

우리는 다시 만날 거야

・・・

"전부터 말하려고 했는데, 너 말이야.

뛰다가 넘어지지 마."

"뭐?"

"넌 주의력이 부족하잖아.

행동하기 전에 생각해."

"마지막으로 할 말이 고작 그것뿐이야?"

우리 사이의 줄

뒷걸음질 치는 게 아니라 한 걸음 더 다가갔어야 했고,
마음을 숨기고 돌아설 준비를 하는 게 아니라
우리 사이의 줄을 팽팽하게 당겼어야 했다.
괜한 자존심을 부리지 않고.

무엇보다 나는 하지 못하면서
적당히도 아니고 아주아주 많이
너는 해주기를, 다가와 주기를
바라기만 하지 않았어야 했다.

그때는 감정을 숨길수록 잘하고 있다고 생각했어.

우리는 다시 만날 거야

미래에서 기다릴게

"이 시대의 이 장소,

이 계절뿐이었어."

"보기만 하면 돼?"

"보기만 하면 됐어."

우리는 다시 만날 거야

세상은 거짓투성이야

언제부터였을까. 세상에는 내 마음대로 되지 않는 것들이 더 많다는 걸 깨달았을 때가. 어떻게든 지키려고 했던 것은 너무 쉽게 무너지곤 했다. 내 의지와 무관한 일들이 자꾸만 일어났다. 좋아 보인다고 생각했던 것도 그렇게 포장되어 있을 뿐, 정작 나를 아프게 하는 것들이 더 많았다. 사람도 마찬가지였다. 보이는 거로만 그 사람을 다 알 수 없었으니까. 내 사람이라고 믿고, 나의 모든 걸 다 꺼내놓았는데, 그게 어느 순간부터 약점이 되기도 했다. 어떤 사람에게는 나를 보여줄수록 내 약점이 불어날 수도 있다는 걸 몰랐다.

이제 나는 무언가를 마음에 담는 게 두렵다. 또 나를 두고 금세 사라져 버릴까 봐.

미래에서 기다릴게

"야구 경기 보러 가기로 했잖아."

"미안해."

"불꽃 축제 가자고 약속했잖아."

"미안해."

"내가 유카타 입은 거 보고 싶지 않아?"

"그건 좀 보고 싶어."

우리는 다시 만날 거야

너의 행동이 모두 사랑일 때

억지 부리는 나를 보며 한 번 더 참아줄 때,

천천히 머리를 쓰다듬어줄 때,

귀엽다는 말을 참지 못하고 툭 내뱉을 때,

그러면서 아주 크게 웃을 때,

내가 해달라고 하면 해주려고 할 때,

고쳐달라고 하는 건 고치려 노력할 때,

먼저 손 내밀어줄 때,

함께할 미래를 구체적으로 그릴 때,

매 순간 나를 사랑한다는 걸 눈으로 말할 때.

124 　　　　　　　　　　　　　　　　우리는 다시 만날 거야

미래에서 기다릴게

"난 나쁜 애야.

중요한 얘길 하는데

그걸 없던 일로 해버렸어.

더 잘 들었어야 했는데."

네가 나쁜 애여서가 아니야.

우리는 자주 모든 게 지나고 나서야 알게 돼.

자신의 감정을 제대로 바라보지 못해서,

상대의 마음을 너무 늦게 알아버려서,

그 순간 돌아선 자신을 미워하며

후회를 거듭할 거야.

하지만 걱정 마.

지금 느낀 감정들이 하나둘 쌓여서,

중요한 순간이 왔을 때

다시 놓치지 않도록 단단하게 잡아줄 거니까.

어깨를 감싸주는 사람들

아무리 나이를 먹어도 처음 겪는 일들이 생긴다. 그런 일들을 마주할 때마다 꼿꼿하게 서 있기가 쉽지 않다. 꼭 시행착오를 겪어야만 답을 엿볼 수 있는 일도, 도저히 풀 수 없는 수수께끼 같은 일도 있다. 다행인 것은 그런 일 앞에서 방향을 잃었을 때, 멈칫하고 고꾸라지려 할 때 도와주는 사람들이 있다는 점이다.

그들은 내게 정답을 가르치려 하거나 자신이 아는 하나의 길이 무조건 옳다고 말하지 않고, 그저 힌트를 준다. 최소한 아주 안 좋은 쪽으로는 빠지지 않게, 내가 더 행복할 수 있는 길을 스스로 찾을 수 있게. 타임리프의 존재를 힌트처럼 알려주고, 가끔은 따끔한 말로 한 번 더 생각할 수 있게 도와주는 마코토의 이모처럼.

혼자 살아가는 것 같아도, 애정 어린 마음으로 나를 지켜보며 중심을 잃지 않게 나의 어깨를 감싸주는 사람들과 함께 길을 걸어가고 있다. 그 사실이 내겐 큰 위로가 된다.

우리는 다시 만날 거야

불안정한 나를 네가 단단하게 잡아주니까,

균형을 잡고서 걸어갈 수 있어.

돌아서 찾아갔을 길도 지름길을 찾아서 가.

미래에서 기다릴게

우리는 다시 만날 거야

미래에서 기다릴게

"하지만 마코토.

넌 나 같은 성격이 아니야.

상대방이 약속에 늦으면

뛰어서 마중 가는 게 너잖아."

어떤 형태의 미래를 만나게 될지 나는 몰라.

그 속에서 내가 어떤 방향으로 흘러갈지도 알 수 없어.

달려 나갈지, 천천히 걸어갈지, 가다가 주저앉을지 말이야.

근데 나는 누구보다 빠르게 나아가는 것보다

시간이 조금 걸리더라도,

내 방향과 속도를 찾아서 가고 싶어.

우리는 다시 만날 거야

너에게 적당한 온도

어려워, 나는 지금도. 나를 몇 도에 맞춰서 네게 보여줘야 하는 건지, 어디까지는 아직 보여주면 안 되는 건지 모르겠어. 네가 했던 말을 분석하고, 우리가 나눈 대화를 곱씹으면서 네 마음의 온도는 어떤지 알아채려고, 맞춰보려고 하는데. 잘 모르겠어. 너에게 내가 너무 차가울까 봐, 혹은 너무 뜨거울까 봐 전전긍긍해. 너와 하루를 보내고 집으로 돌아오는 길이면 늘 걱정에 빠져.

언젠가는 내 마음과 네 마음이 동시에, 똑같은 온도로 따스할 수 있을까? 그렇게 네 마음에 내가 단단하게 자리하는 날이 올까?
너에게만은 적정 온도인 사람이 되고 싶어.

매듭

우리 사이의 매듭은 시간이 지날수록

더 복잡하고 특별한 모양으로 단단하게 묶이는 느낌이 들어.

이 계절이 끝나고 다른 계절을 맞이하고

또 다른 계절이 몇 번 더 오가도,

우리가 만든 이 매듭은 풀어지지 않았으면 좋겠어.

어느 곳에서든 우리는 다시 만날 거야.

언젠가 매듭이 느슨해지는 날이 온다면

같이 또 다른 모양을 만들어나가자.

우리는 다시 만날 거야

우리가 앞으로 함께할 시간에 비하면 지금은 찰나야.

미래에서 기다릴게

우리는 다시 만날 거야

오직, 지금

지금 붙잡지 않으면 시간과 함께 흘러가 영영 다시 돌아오지 않는 일들이 있다. 그런 일을 마주할 때면 아버지께서 내게 해주신 말씀을 떠올린다. 어떤 일을 할지 말지 고민이 될 때, 지금만 할 수 있는 일인지를 생각해보라고. 만일 그렇다면, 망설이지 말고 하라고.

아버지의 말씀은 내 삶의 매뉴얼이 되었다. 나는 모든 일에 그 매뉴얼을 적용해서 생각해보곤 한다. 그렇게 하면 복잡하고 어려웠던 것들도 아주 간단해졌다. 모호하고 희미했던 일들도 뚜렷하게 구분할 수 있었다. 그래서 나는 한 번도 해보지 않았던 일에 도전했고, 다시 대학교를 들어갔고, 그의 손을 덥석 잡았다.

지금만 할 수 있다면, 지금 할 것이다.

나를 의심했던 시간

자신에게 관대하지 못한 편이라, 내게서 발화된 것들을 계속 생각하며 점검했다. 그렇게 나는 나를 예민한 사람이라는 프레임에 자주 가뒀다. 나는 나를 혼냈고, 설득하고, 회유했다. 그런 과정에서 불필요한 자책을 피할 수 없었다. 네가 예민한 거야, 너만 불편해하는 거야. 그건 분명 나를 조였을 것이다. 그렇게 나는 나를 달래며 참고 한 번 더 노력하는 데 익숙해졌다.

고치기 힘들겠지만, 지금이라도 내게 말해주고 싶다. 내가 느낀 게 맞다고. 그러니까 마음 가는 대로 하라고. 너무 많은 것들을 신경 쓰고, 의심하지 말자고.

우리는 다시 만날 거야

미래에서 기다릴게

하루하루의 기록

어린 시절, 방학 숙제로 일기를 써야 했을 때는 며칠씩 몰아 두었다가 억지로 쓰곤 했다. 아이러니하게도 얼마 지나지 않아 나는 일기 쓰는 것을 좋아하게 됐고, 십여 년이 지난 지금까지도 그렇다.

실은 얼마간 편식하듯이 일기를 썼다. 도저히 잠들 수 없었던 어느 밤이나, 감정의 기복이 심해서 균형을 맞추고 싶었던 날에. 그렇지 않은 날들은 그냥 다 똑같이 느껴져서 굳이 기록하고 싶지 않았던 것 같다.

작년 새해, 제일 처음 한 다짐은 일기를 매일매일 쓰겠다는 것이었다. 쓰기 힘든 날이라면 짧게 한 줄만이라도 쓰자고 결심했다. 예상대로 매일 일기를 쓰는 건 쉬운 일이 아니었다. 아무 일도 일어나지 않은 날이라, 쓸 말이 없는 데도 써야 했으니까. 형편없는 글이 나와서 자괴감이 들 때도 있었다. 그렇게 한 달

우리는 다시 만날 거야

두 달이 지나다 그해의 반 정도 지났을 때쯤, 하루하루가 거대한 기록으로 쌓여가고 있다는 걸 느꼈다. 쌓인 일기를 바탕으로 더 많은 글을 쓸 수 있었다. 일기를 활용해 원고를 쓰기도, SNS에 올릴 짧은 문장을 쓰기도 했다.

일기를 다시 읽어볼 때마다 느끼는 게 있다. 별다른 것 없는 나날처럼 보여도 어제와 오늘은 같지 않다는 것이다. 매일 다른 생각을 하며 나는 아주 조금씩 성장하고 있다는 것을 일기가 말해주고 있었다.

매일 일기를 쓰기 시작한 지 이제 2년 차다. 매일매일 한 줄이라도 쓰기 위해 하는 노력이 내 안에 1그램씩 쌓여가고 있다는 걸 느낀다.

우리는 다시 만날 거야

미래에서 기다릴게

우리는 다시 만날 거야

미래에서 기다릴게

"나, 내일부터 보이지 않을 거야.

하지만 어떻게든 너와 같은 시대에 있어볼게.

미래에서 기다릴게."

너는 그 말을 하고 나서 동그란 빛 속으로 사라졌어.

너의 오렌지빛 머리카락에 노을이 닿아서

더 붉어지고 있는 걸 보고 있었는데.

네가 있어서 매일이 빛났어.

그 시간을 늘 마음에 포개고 살아갈게.

언젠가 너와 마주설 그날까지.

06 : 59 : 55 : 62 :

우리는 다시 만날 거야

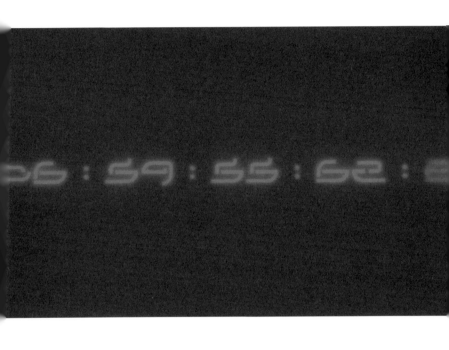

너의 세계를 알게 돼서 다행이야.

미래에서 기다릴게

우리는 다시 만날 거야

그 시절

어릴 적 그때가 떠오를 때면
열병에 걸린 것만 같다.
사랑하면 안 되는 사람을
혼자 짝사랑하고 있는 기분.

나를 둘러싸고 있던 세계의 온도와
시시각각 변했던 나의 마음
지금은 부끄러운, 모든 것에 미숙했던 행동
그리고 그런 내 주변을 지켜주던 사람들.

모든 게 그립다.

미래에서 기다릴게

우리는 다시 만날 거야

미래에서 기다릴게

우리는 꼭 다시 만날 거야.

미래에서 기다려줘.

이 책을 집필하면서 반짝였던 나의 순간들을 많이 만났다. 돌보지 않은 지 오래되어서 먼지가 쌓인 그곳을 뽀득뽀득 소리가 날 정도로 닦아주고, 윤기가 나도록 기름칠을 해주었다. 어쩐지 더 잘 살아갈 힘이 났다.

내가 어떤 것을 좋아하고, 싫어했는지. 어떨 때 행복하고, 슬펐는지. 나라는 사람을 되새길 수 있었다. 그 순간을 완성시켜준 사람들도 내내 떠올랐다. 이제는 곁에 있지 않은 사람도 있지만 여전히 애정하고 있다는 말을 하고 싶다.

앞으로 나아가기 바빠서 잊고 지내는 것들이 많지만, 누구에게나 그런 순간이 있을 거라고 생각한다. 이제 와서 생각해 보면 다 거짓말 같은, 나에게 그런 일이 정말 있었던 건지 낯설어져 버린 날들. 그 순간을 꺼내서 마음속 어딘가에 품은 채 살아간다면, 내 안에서 계속 반짝거림이 느껴지지 않을까.

살아가면서 이런 일도 있고 저런 일도 있었지만, 어쨌거나 당신과 나는 지금까지 잘 살아왔다. 시간을 달리는 마코토처럼 이 책을 읽는 동안에 자신의 시간 속을 달려와서 무사히 이 페이지에 닿았기를 바란다.

미래에서 기다릴게

KI신서 9593

미래에서 기다릴게

1판 1쇄 인쇄 2021년 3월 17일
1판 1쇄 발행 2021년 3월 24일

지은이 가린(허윤정)
펴낸이 김영곤
펴낸곳 (주)북이십일 21세기북스

출판사업부문 이사 정지은
뉴미디어사업팀장 이지혜 **뉴미디어사업팀** 이지연 강문형
마케팅팀 배상현 김신우 한경화 이나영
영업팀 김수현 최명열 **제작팀** 이영민 권경민
디자인 vergum

출판등록 2000년 5월 6일 제406-2003-061호
주소 (10881) 경기도 파주시 회동길 201(문발동)
대표전화 031-955-2100 **팩스** 031-955-2151 **이메일** book21@book21.co.kr

(주)북이십일 경계를 허무는 콘텐츠 리더

21세기북스 채널에서 도서 정보와 다양한 영상자료, 이벤트를 만나세요!
페이스북 facebook.com/jiinpill21 **포스트** post.naver.com/21c_editors
인스타그램 instagram.com/jiinpill21 **홈페이지** www.book21.com
유튜브 youtube.com/book21pub

당신의 인생을 빛내줄 명강의! <유니브스타>
유니브스타는 <서가명강>과 <인생명강>이 함께합니다.
유튜브, 네이버, 팟캐스트에서 '유니브스타'를 검색해보세요!

ISBN 978-89-509-9436-5 03810
ⓒ가린(허윤정), 2021
ⓒ2006 TOKIKAKE Film Partners